A tentação do leite e do mel
La tentation du lait et du miel

ÉDITIONS · BILIKI

Tous les droits de l'édition française et arabe réservés à
ÉDITIONS BILIKI – ASBL COSMOS MEDINA BRUXELLES
6 Square Albert Ier -1070 Bruxelles
Région Bruxelles-Capitale - Belgique
Tél: (32) 02-5216932   Fax: +33-1-70719211
editions@biliki.net
http://editions.biliki.net

Editora Sulina

Todos os direitos desta edição em português reservados à
EDITORA MERIDIONAL LTDA
Av. Osvaldo Aranha, 440 – conj. 101
CEP: 90035-190 – Porto Alegre – RS
Tel.: (51) 3311-4082 Fax: (51) 3264-4194
sulina@editorasulina.com.br
www.editorasulina.com.br

A tentação do leite e do mel

La tentation du lait et du miel

Do mesmo autor – Du même auteur

Je suis héros positif
El, 1995, Belgique

Au rythme des Déluges
Thé Glacé, 2000, Belgique

La légende des amandiers en fleur
Labor, 2003, Belgique

website do autor – Le site de l'auteur
www.patricklowie.com

© Éditions Biliki, 2005
© Editora Meridional, 2005

Capa e Projeto Gráfico: Hassan Charach
Editoração: FOSFOROGRÁFICO Design Editorial / Clotilde Sbardelotto
Coordenação Gráfica e Finalização do texto em árabe: Vitor Hugo Turuga

Editor: Luis Gomes

Impressão: Metrópole Indústria Gráfica

Dados Internacionais de Catalogação na Publicação (CIP)
Bibliotecária Responsável Ginamara Lima Jacques Pinto CRB 10/1204

L918   Lowie, Patrick
      A Tentação do Leite e do Mel / tradução do francês Lucia Maria Silva, tradução árabe Asmaâ Loqmani. — Porto Alegre: Sulina, 2005.
      40 p.
      Tradução do Francês, Português e Árabe
      ISBN: 85-205-0394-2
      ISBN: 2-930438-00-2
      1. Literatura Franco-Belga. 2. Narrativa Francesa.
I. Silva, Lucia Maria. II. Loqmani, Asmaâ. III. Título.

                                              CDD: 840
                                              CDU: 840.91

Todos os direitos desta edição em português reservados à
EDITORA MERIDIONAL LTDA.
Av. Osvaldo Aranha, 440 — conj. 101
CEP: 90035-190 — Porto Alegre — RS
Tel.: (51) 3311-4082 Fax: (51) 3264-4194
sulina@editorasulina.com.br
www.editorasulina.com.br

Março 2005 / Mars 2005
Impresso no Brasil / Printed in Brazil / Imprimé au Brésil

Patrick Lowie

A tentação do leite e do mel
La tentation du lait et du miel

Tradução em português
Lucia Maria Silva

éditions ikiniq

Editora Sulina

A tentação do leite e do mel

Nada mudará jamais a magia de nosso amor. Talvez porque nos conheçamos desde sempre. Talvez porque desde o começo tenhamos a certeza de que nunca estaríamos separados. Talvez porque tenhamos mestiçado nossos sangues. Talvez porque tenhamos sempre achado que nada poderia jamais nos dividir. Ou abalar nossa principal prerrogativa.

Nosso primeiro beijo no rosto não data de ontem. Tenho dez anos. Ele nove e meio. Brincamos com piões antigos. Aqueles que seu pai lhe deixou. Cada um por sua vez. Lançamos a piorra. Os seixos cobalto refletindo nossos desejos. Ele se aproxima um pouco demais de mim. Seu perfume é uma mistura de flores de jasmineiro subtraído da casa da irmã. De rosas surrupiadas em casa da mãe. Perfumes elegantes trazidos da cidade santa. Não posso me impedir de lhe roçar timidamente a face com os lábios.

De passar à ação. De modo fugaz.
Ele me diz: "De novo!"
E recomeço.
Várias vezes.

A tentação do leite e do mel

Isso não o constrange. Exijo lhe oferecer mais. Somos inocentes. E belos. A pureza nos torna belos. Já não me apresso.

As oliveiras nos escondem do sol. Lemos juntos. Cada um em sua língua. Depois continuamos um na língua do outro. Recitamos poemas tão encantadores quanto à paisagem que a nós se oferece. Os anos passam e não nos cansamos de nossos jogos de adolescentes eruditos. Ele aprende rapidamente a arranhar o alaúde enquanto eu ajusto minha voz a seus dedos.

Inventamos um outro mundo.
Inevitavelmente idêntico ao nosso.

Os beijos se tornam ainda mais numerosos. O medo de crescer jamais nos vem à mente. Achamos que nada pode mudar.

Tenho quinze anos. O colégio não nos interessa. Ele nos separa. Dois colégios. E cada um de seu lado mente a seu modo. Eles falam de histórias discordantes. De crenças que se opõem. Não aceitamos a mentira. Não queremos ser reduzidos à ignorância. Vamos para debaixo das árvores. Tomamos mil precauções

A tentação do leite e do mel

para evitar o esmagamento dos bilhões de insetos que fazem desse olival nossa felicidade. As duas escolas nos expulsam. Somos mal vistos. Viramos hereges ou simplórios. Ameaçam-nos de morte. Essas intimidações nunca nos afetam. Até ameaço viver ainda mais. Ele prefere compor músicas. Eu prefiro cantar minhas canções.

Já esteve em meu país?
Em nosso país? No país do leite e do mel?
Sim, todo mundo ouviu falar.

Toda noite uma aflição nos atormenta. Quando a luz se extingue. Cansada de nos abraçar. Voltamos para junto de nossas respectivas famílias. A separação nos sufoca. Adormeço nos braços de meu pai que se abrandou. Ele nos de seu irmão. Nunca nos fazemos perguntas. Ele me repete que as perguntas trazem sofrimento. Que não lhe cabe resolver os problemas de deus. Tudo entre nós é simples. A vida é de uma simplicidade infantil.

Basta respirar.
Beliscar migalhas.

A tentação do leite e do mel

E ingurgitar as suspeitas.
E amar fartamente.

As estrelas nos deslumbram. A cada um em seu canto. O despertar nos oferece a esperança de um longo dia. Passado de mãos dadas. Minha cabeça em seu peito. Ele lê e relê os poetas de meu país e os enaltece enquanto canto em sua língua a felicidade de ser amado.

Crescemos permanecendo exatamente aquilo que somos. Dois rapazes amados e amantes. Nosso desejo nunca se atenua. Esse desejo de tudo guardar intacto. Sabemos que além desse olivedo as injustiças e as armas de homens e de mulheres gananciosos ensangüentam sem pudor nossos países e que homens incultos optam pela violência. Os homens das grandes capitais. Isso nos transtorna e cantamos mais alto. Ele urra as palavras dos poetas antigos. Os que sempre pedem mais civilidade. Mais respeito. Mais diálogo. Somos o leite e o mel. Sua tentação.

Imbecis perigosos meteram na cabeça construir um muro que cortará definitivamente a mestiçagem de nossos dois povos.

A tentação do leite e do mel

Esse muro cindirá em dois nosso olival. Apesar de nossos vinte anos não podemos nos resignar ao inferno que nos preparam. As oliveiras ficaram brancas de poeira. Mas nossos corações estão intactos. Alguns tentam nos apontar um dedo acusador. Fazer-nos carregar todas as responsabilidades imagináveis. É um muro maquiavélico. Rejeitamos qualquer culpa. Temermos que doravante tudo mude. Que para nos revermos tenhamos de andar centenas de quilômetros ao longo de um muro de concreto. Nossos sonhos correm o risco de serem esmagados de encontro a esse horror demasiadamente humano. Mas aceitaremos o desafio.

O muro é construído.
Estou consternado.
Ouço a voz de Yarone.
Do outro lado.

Ele me diz que está subindo numa árvore e me pede que faça o mesmo. Sentamo-nos no alto das duas maiores oliveiras. Sempre brancas. Ele grita: *Nihad! Junte-se a mim. Eu também me junto a você. Não nos deixemos arrastar por essa loucura. Os muros são feitos para encher os bolsos dos escroques, depois para*

A tentação do leite e do mel

separar, antes de serem grafitados e, finalmente, destruídos. Mas não temos tempo para esperar, tempo para deixar de amar.

Todos os dias. Do alto destas árvores que já não dão azeitonas. Yarone canta meus poetas e eu recito os seus. Penso que tudo nos afasta. Que tudo nos separa. Nunca chorei. Sinto em mim um doloroso vazio. Tudo nos liga.

Não mais deixamos nossas árvores. Meu irmão me traz comida. Seu pai enfim lhe dá razão. O que representa todos os víveres do mundo. O muro é bem pequeno diante destas árvores. Elas crescem mais a cada dia. Para nos ajudar a não desistir.

Tememos a vingança de algum tresloucado. Ele poderia facilmente nos desequilibrar. Serrar a parte inferior do tronco da árvore de Yarone. Do outro lado: não amam os pacifistas. Aqui: temo que os guerreiros possam convencer que nosso amor é uma ofensa às crenças religiosas. Yarone me faz ver que os dois casos sobrevirão. Nos dois campos. Mas acrescenta que não estamos separados. As raízes das duas árvores se tocam. Se cruzam. Se abraçam. Se misturam. O magnetismo de nosso amor circula nas veias dessas árvores.

A tentação do leite e do mel

Yarone tem razão.
Não posso me impedir de abraçar a oliveira.
Continuamos belos e inocentes.
Talvez envelheçamos.
Mas não cederemos.
Porque sabemos que temos razão.
Sem hesitações.

La tentation du lait et du miel

La tentation du lait et du miel

Rien ne changera jamais le sort de notre amour. Peut-être parce que nous nous connaissons depuis toujours. Peut-être parce que dès le début nous étions certains que jamais nous ne serions séparés. Peut-être parce que nous avons métissé nos sangs. Et pas seulement au sens figuré. Peut-être parce que nous avons toujours considéré que rien ne pourrait jamais nous diviser. Ou ébranler notre atout majeur.

Notre premier baiser sur la joue ne date pas d'hier. J'ai dix ans. Il en a neuf et demi. Nous jouons aux toupies anciennes. Celles léguées par son grand-père. Chacun notre tour. Nous lançons le toton. Les galets cobalt reflétant nos appétences. Il s'approche un peu trop de moi. Son parfum est un mélange de fleurs de jasmin subtilisé chez sa sœur. De fleurs de rose dérobé chez sa mère. Des parfums élégants ramenés de la ville sainte. Je ne peux m'empêcher d'effleurer délicatement sa joue du bout des lèvres.

De passer à l'acte. De manière fugitive.
Il me dit: «Encore!».
Et je recommence.
Plusieurs fois.

La tentation du lait et du miel

Cela ne le gêne pas. J'exige de lui offrir plus. Nous sommes innocents. Et beaux. La pureté rend beau. Je ne me presse plus.

Les oliviers nous cachent du soleil. Nous lisons ensemble. Chacun dans sa langue. Puis nous enchaînons dans la langue de l'autre. Nous récitons des poèmes aussi gracieux que le paysage qui s'offre à nous. Les années passent et nous ne nous lassons pas de nos jeux d'adolescents érudits. Il apprend rapidement à gratter le luth tandis que j'accorde ma voix à ses doigts.

Nous inventons un autre monde.
Forcément identique au nôtre.

Les baisers deviennent plus nombreux encore. La peur de grandir ne nous vient jamais à l'idée. Nous pensons que rien ne peut changer.

J'ai quinze ans. Le collège ne nous intéresse pas. Il nous sépare. Deux collèges. Et chacun de son côté ment à sa façon. Ils parlent d'histoires qui se heurtent. De croyances qui s'opposent.

La tentation du lait et du miel

Nous n'acceptons pas le mensonge. Nous ne voulons pas être réduits à l'ignorance. Nous partons sous les arbres. Nous usons de mille précautions pour éviter d'écraser les milliards d'insectes qui font de cette oliveraie notre bonheur. Les deux écoles nous renvoient. Nous sommes mal vus. Nous sommes devenus des mécréants ou des simples d'esprit. On nous menace de mort. Ces intimidations ne nous touchent jamais. Je menace même de vivre davantage encore. Il préfère composer de la musique. Je préfère chanter mes couplets.

Êtes-vous déjà venu dans mon pays?
Dans notre pays? Dans le pays du lait et du miel?
Oui, tout le monde en a entendu parler.

Une souffrance nous incommode tous les soirs. Quand la lumière s'éteint. Fatigués de nous embrasser. Nous rentrons dans nos familles respectives. La séparation nous suffoque. Je m'endors dans les bras de mon père qui s'est adouci. Lui dans ceux de son frère. Nous ne nous posons jamais de questions. Il me répète que les questions amènent les tourments. Que ce n'est pas à lui de résoudre les problèmes de Dieu. Tout est simple entre nous. La vie est d'une simplicité enfantine.

La tentation du lait et du miel

Il suffit de respirer.
De grignoter des miettes.
D'ingurgiter les soupçons.
Et d'aimer abondamment.

Les étoiles nous éblouissent. Chacun de notre côté. Le réveil nous offre l'espoir d'une longue journée. Passée main dans la main. Ma tête sur sa poitrine. Il lit et relit encore les poètes de mon pays qu'il magnifie et moi chantant dans sa langue le bonheur d'être aimé.

Nous grandissons tout en restant tels que nous sommes. Deux garçons aimés et aimants. Notre désir ne s'alanguit jamais. Ce désir de tout garder intact. Nous savons qu'au-delà de cette oliveraie: les injustices et les armes d'hommes et de femmes cupides ensanglantent sans vergogne nos pays et que des hommes incultes prennent le parti de la violence. Les hommes des grandes capitales. Cela nous bouleverse et nous chantons plus fort. Il hurle les mots des poètes anciens. Ceux qui réclament toujours plus de civilité. De respect. De dialogue. Nous sommes le lait et le miel. Sa tentation.

La tentation du lait et du miel

De dangereux imbéciles se sont mis en tête de construire un mur qui coupera définitivement le métissage de nos deux peuples. Ce mur scindera également notre oliveraie en deux. Malgré nos vingt ans nous ne pouvons nous résoudre à l'enfer qu'ils nous préparent. Les oliviers sont devenus blancs de poussière. Mais nos cœurs sont indemnes. Certains tentent de nous montrer du doigt. De nous faire porter toutes les responsabilités imaginables. C'est un mur machiavélique. Nous rejetons toute culpabilité. Nous craignons que désormais tout change. Que pour nous revoir nous ayons à marcher des dizaines voire des centaines de kilomètres le long d'un mur de béton. Nos rêveries risquent de s'écraser contre cette horreur bien trop humaine. Mais nous relèverons le défi.

Le mur est construit.
Je suis consterné.
J'entends la voix de Yarone.
De l'autre côté.

Il me dit qu'il grimpe dans un arbre et me demande de faire de même. Nous nous asseyons au sommet des deux plus grands oliviers. Toujours blancs. Il me crie: *Nihad! Rejoins-moi. Je te*

La tentation du lait et du miel

rejoins aussi. Ne nous laissons pas entraîner par cette folie. Les murs sont faits pour remplir les poches des truands, puis pour séparer, avant d'être graffités et enfin détruits. Mais nous n'avons pas le temps d'attendre, pas le temps de cesser d'aimer.

Tous les jours. Du haut de ces arbres qui ne donnent plus d'olives. Yarone chante mes poètes et je récite les siens. Je pense que tout nous éloigne. Que tout nous sépare. Je n'ai jamais pleuré. Je sens en moi un vide douloureux. Tout nous lie.

Nous ne quittons plus nos arbres. Mon frère m'apporte à manger. Son père lui donne enfin raison. Ce qui représente toutes les nourritures du monde. Le mur est bien petit face à ces arbres. Ils croissent chaque jour davantage. Pour nous aider à ne pas abandonner.

Nous craignons la vengeance d'un désaxé. Il pourrait facilement nous déséquilibrer. Scier le bas du tronc d'arbre de Yarone. De l'autre côté: on n'aime pas les pacifistes. Ici: j'appréhende les guerriers capables de convaincre le monde que notre amour est une atteinte aux croyances. Yarone me fait remarquer que

La tentation du lait et du miel

les deux cas se vérifieront. Dans les deux camps. Mais il ajoute que nous ne sommes pas séparés. Les racines des deux arbres se touchent. Se croisent. S'embrassent. S'entremêlent. Le magnétisme de notre amour circule dans les veines de ces arbres.

Yarone a raison.
Je ne peux m'empêcher d'embrasser l'olivier.
Nous restons beaux et innocents.
Nous vieillirons peut-être.
Mais nous ne cèderons pas.
Car nous savons avoir raison.
Sans hésitation.

إغراء الحليب والعسل

لسنا منفصلين. أصول الشجرتين تتلامس. تتشابك. تتعانق. تمتزج. جاذبية حبنا تسري بين عروق هذه الأشجار.

يارون على حق.
لا أستطيع مقاومة معانقة شجرة الزيتون.
سنبقى جميلان وبريئان.
سنشيخ. ربما.
ولكننا لن نستسلم أبدا.
لأننا نعرف كيف نكون على حق.

دون تردد.

إغراء الحليب والعسل

من أعلى هذه الأشجار التي لم تعد تثمر.
يارون يردد قصائدي وأنا أغني قصائده.
أظن أن كل شيء يبعدنا.
كل شيء يفرقنا.
لم أبك يوما.
أحس بداخلي فراغا أليما.
كل شيء يربطنا.

لم نعد نبرح أشجارنا. أخي يأتيني بالأكل. وأبوه أدرك أخيرا أنه محق. وهو ما يعني كل زاد العالم. السور هو حقا صغير بالنسبة لهذه الأشجار. هذه الأشجار تنمو كل يوم أكثر. كي تساعدنا على أن لا نهجر.

نخاف انتقام مختل. يمكن أن يفقدنا توازننا بسهولة. أن يقطع أسفل جذع شجرة يارون. من الجهة الأخرى: لا أحد يحب المسالمين. هنا: أخشى المقاتلين القادرين على الإقناع بأن حبنا مساس بالمعتقدات.

يارون ينبهني إلى أن الحالتين ستبحثا. في الميدانين. ولكنه يضيف أننا

إغراء الحليب والعسل

المسؤوليات الممكنة. إنه سور وصولي. نرفض كل اتهام. نخاف. للأسف. أن يتغير كل شيء. وأنه كي نرى بعضنا مرة أخرى. يجب أن نمشي عشرات بل مئات الكيلومترات على طول سور من الإسمنت. أحلامنا تكاد تتكسر من شدة هذا الهول الإنساني جدا. ولكننا سنرفع التحدي.

بني السور.
أنا مذعور.
أسمع صوت يارون.
من الجهة الأخرى.

يقول لي إنه يتسلق شجرة ويطلب مني أن أفعل نفس الشيء. نجلس فوق قمة أعلى شجرتي زيتون. دائما أبيضين من شدة الغبار. يصيح: نهاد! تعالى إلي. وسآتي إليك أنا أيضا. لا يجب أن نترك تيار هذه الحماقة يجرفنا. الأسوار تبنى كي تملأ جيوب عديمي الشرف. وللتفرقة. قبل أن تنقش ثم تهدم. ولكن ليس لدينا الوقت للانتظار. ولا الوقت للتوقف عن الحب.

كل يوم.

إغراء الحليب والعسل

النجوم تبهرنا. كل عن جانبه. اليقظة تمنحنا أمل يوم طويل. جعلت يدي في يده. رأسي فوق صدره.

يردد ثم يردد قصائد شعراء وطني التي يحب. وأنا أغني بلغته سعادة أن تكون محبوبا.

نكبر دون أن نتغير. نبقى على حالنا. طفلان محبوبان ويحبان. رغبتنا لم تضعف أبدا. هذه الرغبة في أن يبقى كل شيء على حاله. نعلم أن ما وراء بستان الزيتون هذا : الظلم وأسلحة رجال ونساء تملكهم الطمع يُدمون بكامل وقاحتهم أوطاننا وأن رجالا أميين يتخذون العنف حزبا. رجال العواصم الكبرى. هذا يروعنا فنغني بصوت أقوى. يصيح بكلمات قدامى الشعراء. أولئك الذين يطالبون دائما بمزيد من التحضر. من الاحترام. من الحوار. نحن الحليب والعسل . إغراءه.

بعض الأوغاد الخطرين تزعموا بناء جدار سيقطع نهائيا اختلاط شعبينا. هذا الجدار سيقطع كذلك بستان الزيتون إلى قسمين. رغم أعوامنا العشرين. لا نستطيع اتخاذ أي قرار تجاه هذا الهول الذي يعدونه لنا. أصبحت أشجار الزيتون بيضاء من شدة الغبار. ولكن قلبينا سليمان. بعضهم يحاول الإشارة إلينا بالإصبع. وأن يحملنا كل

إغراء الحليب والعسل

بنظرة ناقصة. أصبحنا جاحدين أو ذوا فكر بسيط. يهددوننا بالموت. هذه التخويفات لا تمسنا قط. بل أهدد أن أعيش أكثر. هو يفضل تأليف الموسيقى. وأنا أفضل غناء مقاطعي الغنائية.

هل سبق أن أتيتم إلى بلدي؟
إلى بلدنا؟ إلى بلاد الحليب والعسل؟
نعم. الكل سمع عنه.

ألم يزعجنا كل الليالي. حين يطفأ النور. تعبين من القبلات. يرجع كل منا إلى عائلته. البعد يخنقنا. أنام في حضن أبي الحنون. وهو ينام بين يدي أخيه. لا نطرح على أنفسنا أسئلة قط. يقول لي إن الأسئلة تصحب معها الهموم. وليس هو من عليه حل مشاكل الرب. كل شيء بسيط بيننا. الحياة بسيطة بساطة الأطفال.

لا عليك إلا أن تتنفس.
أن تأكل الفتات.
أن تبتلع الشكوك.
وأن تحب بسخاء.

إغراء الحليب والعسل

مرات عديدة.

هذا لا يزعجه. بل أطلب أن أهديه المزيد. نحن بريئان. وجميلان. الصفاء يمنح الجمال. لن أتعجل أبدا.

أشجار الزيتون تحجبنا عن الشمس. نقرأ معا. كل في لغته. ثم يحاول كل منا أن يسلسل بلغة الآخر. نؤدي قصائد رائعة كروعة المنظر المحيط بنا. تمر الأعوام فلا نمل من ألعابنا. ألعاب المراهقين. تعلم بسرعة العزف على العود فيما كنت أضبط صوتي على أصابعه.

خلقنا عالما آخر
تحت قوة الأشياء. شبيها بعالمنا.

أصبحت القبلات عديدة أكثر. الخوف من أن نكبر لا يراودنا قط. نظن أن لا شيء يمكن أن يتغير.
عمري خمسة عشر سنة. الثانوية لا تهمنا. إنها تفرقنا. ثانويتان. وكل من جهته يكذب بطريقته. يتحدثون عن حكايات تصطدم. عن اعتقادات تتعارض. لا نقبل الكذب. لا نريد أن نصغر إلى الجهالة. نسير تحت الأشجار. نتخذ آلاف الاحتياطات كي لا ندوس ملايير الحشرات التي تجعل من بستان الزيتون سعادتنا. المدرستان رفضتانا. ينظر إلينا

إغراء الحليب والعسل

لا شيء سيغير يوما مصير حبنا. ربما لأننا نعرف بعضنا منذ الأبد. ربما لأننا كنا دائما على يقين أننا أبدا لن نفترق. ربما لأننا مزجنا دمنا.

ليس فقط مجازا.

ربما لأننا اعتبرنا دائما بأنه لا شيء يمكنه أن يفرق بيننا.

قبلتنا الأولى على الخد ليست وليدة الأمس. عمري عشر سنوات. وعمره تسع سنوات ونصف. نلعب بالدوامات القديمة التي أعطاها إياه جده.

لكل دوره.
نرمي الخيط.

حصى الكوبالت التي تعكس رغباتنا. يقترب أكثر مني. عطره خليط من زهور الياسمين التي اختلسها من أخته. من زهور الورد التي سرقها من أمه. عطور راقية مجلوبة من المدينة المقدسة. لا أستطيع أن أمنع نفسي من أن ألمس بلطف خده بطرف شفتي.

حين أمر إلى الفعل. خلسة.
يقول لي: "مرة أخرى!".
ثم أعيد.

باطريك لوي

إغراء الحليب والعسل

الترجمة للغة العربية
أسماء لقماني

éditions:ikiniq

Editora Sulina

عن نفس الكاتب

Je suis héros positif
El, 1995, Belgique

Au rythme des Déluges
Thé Glacé, 2000, Belgique

La légende des amandiers en fleur
Labor, 2003, Belgique

العنوان الإيليكتروني
www.patricklowie.com

© Éditions Biliki – ISBN 2-930438-00-2 © دار النشر بيليكي
© Editora Sulina – ISBN 85-205-0394-2 © دار النشر سولينا

ÉDITIONS·BILIKI

كل حقوق النشر باللغتين العربية و الفرنسية محفوظة لدار النشر بيليكي ببلجيكا

ÉDITIONS BILIKI – ASBL COSMOS
MEDINA BRUXELLES
6 Square Albert Ier - 1070 Bruxelles
Région Bruxelles-Capitale - Belgique
Tél: (32)02-5216932   Fax: +33-1-70719211
editions@biliki.net
http://editions.biliki.net

Editora Sulina

كل حقوق النشر باللغة البرتغالية محفوظة لدار النشر سولينا بالبرازيل

EDITORA MERIDIONAL LTDA.
Av. Osvaldo Aranha, 440 – conj. 101
CEP: 90035-190 – Porto Alegre – RS
Tel.: (51) 3311-4082 Fax: (51) 3264-4194
sulina@editorasulina.com.br
www.editorasulina.com.br

إغراء الحليب والعسل